歌集

天国さよなら

藤宮若菜

書肆侃侃房

天国さよなら　＊もくじ

装幀　花山周子

天国さよなら

藤宮若菜

わたしが死ねばわたしはうまくいくだろう自販機煌々ひかる夜道に

春はもう来ないとしても生きていてあなたは苺を洗ってくれた

泣きだしたいほど好きだった　永福町を出ますと久我山に　でも何を？

みちづれになりたかったな　方舟はどこにもなくて音だけがある

I

晩夏、不在証明

水を買うそのときだけは透明でだれかを信じられる気がした

満ちてゆくからだをわざと傷つけて羽虫のような点滅のこと

「ばかじゃん…」って寝言できみが笑ってる　ばかとばかとの生活ずっと

古いギターをふたり並んでながめてた夕暮れハードオフのかたすみ

窓際のきみは半分透けているむずかしい愛の曲を歌って

信じないことも自由でなにひとつ思い出のない児童公園

吸いかけの煙草わたせば走り書きみたいに滲む煙　さよなら

ほころびやほころびのことをゆるされてこんなちいさな終末だった

きみごとわたしを消してほしいよ　洗濯機まわりつづけてきみは寝ている

地下鉄のマークきらきら何色を選べばわたしへ行けるのだろう

だってしあわせになりたい　海のように耳鳴りのように遠くありたい

夜の道こころをつれて引きずって残ったこのかすが愛だって

さかさまのきみのからだのとうめいのかわききった花束の　まって

くだらない誓いだったの棺にはポップコーンのもとをいれます

生ごみになるまで見ていたかったけど崩れるように抱きしめていた

ずっとここに。　いたんだね。　ほどけてく　この世につづきがあるのなら風

永遠にして

海をみに（ときどききみを突き落とす想像をして生き延びに）ゆく

さみしさにさえ置きざりにされた日のカーテン越しの夏雲でした

忘れ物みたいなからだ引きずって環七　みんな　生きているかな

ひとつだけのこしておいた憎しみが花の匂いでありますように

夕立に浸されながらしゃがむとき死ぬことがただ懐かしかった

風のなかきみが走って会いにきたあの夏に飛んでいた戦闘機

いますべてのことを信じるライターの火を守るようにすべてのことを

もう愛さずにいてもいいんだ　街灯はなんど明滅して死ぬんだろう

ながいながいエスカレーターわたしからきみがさらさらこぼれていった

ほんとうはちゃんと攫われたかったよ　ごめん、ひとりで永遠にして

あした音楽が消えても

（うん、来世。あの喫茶店に11時。なくたっている。）目覚ましが　鳴る

濡れっぱなしでまぶしかったね　ふたり死ぬ日まで降りつづける気がしたね

生きていてほしかったって歯ブラシをくわえてしばらくたって気づいた

想像のめがね姿を焼きつけて夏がほどけるまでここにいる

ばかだって言われうれしい土曜日の缶ビールべこべこでぬるかった

何千回うまれかわってきみになり水や葉になりずっとさみしい

たとえば心があったとするよ。それっきり黙ったままの夜の水面だ

向きあっているけど見ない泣き顔に結露をなでたらちょうどよかった

はためいて落ちていくまでを眺めてたTシャツきみのだったTシャツ

鏡のように手をふりあってわたしたちしあわせは似合わないままだった

Ⅱ

春だったわたしたちへ

「だったら」ってコンビニの前でうずくまる　生きてるだけでえらいんだったら、

ほんとうにいっしょうけんめい歯をみがく神様の数字がわかるまで

警察がくるまでのこと永遠って呼ぼう　うん、きみはいつもひかりだった

もうだめになった愛とかかきあつめわたしのための縄を編む朝

ひらがなになる

ずっとおとなにならないでね、って春の夜の雪のなかのうつくしい呪いだ

きみといた日々のすべてが比喩になりときどき月あかりで目をさます

こわかった液体になれないことがわたしたちにあるすきまのことが

レースの襟まで濡らして泣いているときのわずか、きみに絞められるくび

どうしてわたしをひとりにしたの　軽トラに花びら引きずられうつくしい

春、四キロ痩せてきみのたましいの重さは四キロなのかと思う

綱渡りみたいな口約束のことだいじだいじって抱えていたい

かえったよ、わたしをうんでくれた日に、吸い殻で溢れたベランダに

知っていた。きみはすべてを。それからはいつか、煙になるとわかった。

うまれかわったらひらがなになってきみのこときずつけないままあいしてみたい

もっとはやく気づけていたら　今世ではもうむりでしょう　水滴でした

きみにみてほしかった春の髪色をいつまでもいつまでも　風の日

死んだ人の音楽　きみが祈るからわたしはしあわせになりたかった

春のおわりトイレットペーパーを買いにいく　ずっと、生きなきゃいけないらしい

まぼろしのたましい

間違わずきみが遠くへゆくときのまぶたがきれい　春の台風

花びらとハイボール缶飛ばしつつ高気圧は世田谷区へ向かう

まぼろしのきみがこけたりわらったりしてそこではわたしが生きていて

飛んでいくビニールいいな　あの街ではゆうれいも方言はなすのかなあ

ベランダに家庭菜園かがやいてきみがいないで続く命の

よくわからんお笑い芸人の話をまたしてほしい　夢の瀬戸際

なんだかすべてが懐かしいよね　懐かしいということだけはおぼえておける

ゆるされていたことずっと思いだす　風がワンピースをつれていく

もうきみの知らないひとになることをうれしいといえば祈りになった

天国でまいごになって西口へぬけたらきっと立っている　笑っている

おやすみ、ずっと春の窓

わたしたち　はわたしときみになってゆき光はいつでも不可算名詞

また会えるかな　あ、　にどと会えないな　もう百年も晴れが続いて

守れない約束もゆるしてほしい　春に取り壊されるマンション

雪の日にわたしをみつけてくれたことうれしくてこわくて泣いていた

あの本の感想ずっと聞けないな　お墓や橋やお墓のある土地

殴られすぎてばか　になったあたまだって愛してくれた　わすれてしまう

ポップネス　きみと過ごした春がありおととし自殺したミュージシャン

花瓶の水を取りかえるときいつだって裏切りのことを考えていた

泣きはじめの声に気づいていたことをきみはあとからおしえてくれた

たったひとりのために祈るよ　ほそくほそくみずの流れていく真夜中は

きみがかわいい呪いだったかについて

でもちゃんとうれしかったよ　壊されてみたいとおもった満月の夜

失くしてく　きみのきれいなエゴだけでまぶしい日々を生きのびていた

どうせいつか忘れるのなら殺されておわりたかった？　・・・夜のサイレン・・・

もうきみを抱きしめられないことだってカノンコードみたいに、　日々は罰

花明かり　きみがわたしにしたことでまちがいなんてひとつもなくて

買ってからどうでもよくなるコンビニのお菓子みたいだ　暮らしたかった

もうなにもあげられないな　意味のないことばを燃やすお葬式しよう

死ぬところちゃんとみていてほしかった　それからつもる清潔な星

八月は夢のなか

たすけてといってみたくて揺らいでたこころ煙になってよかった

守りたかった日々は薄氷また会えるみたいな声でしたさよならの

望まれて生きたくなって種をまけば芽がでるみたいに単純だった

きみだけに届けたかったこの歌がキッチンの床で粉々になる

ねむるからふたりの髪は伸びていく　叫んでも叫んでも音がない

てのひらをかさねる　それだけのゆめで。それすら。ここでは生きられないから

遺失物抱えきれずにばらまいてきみの真白い背をながめてる

もう二度と、というこどばが愛になり夕立になりふたりに注ぐ

雷鳴をときどききみに聞かせたくなってしまうよ　窓をあけるよ

きみがいる　だから地球は滅びずにときどきまちがったりして　でも　いる

きみと夏、他人になってそれからは他人みんなを愛してしまう

会える日のそれはまぶしい雨の日のゆれるまつげをみていたかった

てのひら

失ったものばかり好き　夕暮れの歩行者天国ひとりになれない

くるしめば償いになるわけもなくどこでもいいよここじゃなければ

からだをなくして彷徨っている届かなさでも生きるからみつけてほしい

またこんど　こんどは走馬灯のなか　影でしかあらわれてくれないの

きみをすきだから生きるよ　・・・　ちゃんと生きたらあたまを撫でて
しゃぼん玉ふたりのことばを閉じこめてすべてのおわりに弾けてほしい

ぬるいみなも

夏の風、横断歩道、月、カーテン、いいなきみといっしょにいられて

終わりのなかで終わりたかったたいつだって会えるみたいに消えていくから

そこにいた時間のすべて「うん」と「はい」が混ざっているきみの相槌

すこしずつ知りたくて聞かなかったこといまみずうみのようにまぶしい

話すこともうないね　ゆめにみた　雨になってその肌をながれる
あとは勝手に傷つくだけの日々だからきみを傷つけなくてすむから

暴風雨　息もできないままなのに離れてもいいってきみはいった

だからわたしを忘れたんだね　水面がぬるいとわかる海で　だから、わたしを

ねえいつかふたりの季節をなくしても　みんな死んじゃっても　いたんだよ

まひるまの光は射してきみだけがわたしを殺せる春だったのに

あの一瞬にもどれるのなら80年生きてもいいっておもう（さよなら）

泣くときに泣く意味のことかんがえて　わたしを壊してくれてありがと

わたしたちはうまく生きられたかな

あかときの家族にはなり得ないというひかりにきみはしずかにふれた

居たかった　ふたりに性も恋もなく祈りのような春を暮らせば

きみだけがわたしを知っていた白さ抱えて降りる午後の階段

なんとなくこっち、と思うそのときにきみがわらえばそれでよかった

還る

死後も詩語もおんなじことで　ゆめじゃない。よ。って。花がひらいたりする

生きることがやさしさならば　それだけで　透明に影がなくてさみしい

水になったりお湯になったりするシャワー　他人の部屋できみをおもった

右耳にしずかな祈りは残っててときどき風のような幻聴

いろんなドアがあったのでしょうひとつずつふたりで決めて壊したとして

どんな場所で死んでもきみへ還りたい　朝日にひかる爪をみていた

きみといてながした涙は海にさえならずちいさな金魚を飼った

もしわたしが生まれなくてもきみが生まれたときうれしいってきっと思えたよ

レイ

天国で会ってもきみはきみだからわたしに生きてと祈ってくれる

光源をわたしはちゃんと知っていて、あの春の笑い声であること

ほんとうのことを話せるとおもった　おもうほどに季節が過ぎたから

夜が明ける　いま煙越しにぽつぽつとテールランプを見送っている

なんどでもおもいだせるよ　おもいだすたびにすべてが終わるとしても

きみの眠りはいつもやさしくあってほしい　朝焼けの野方本町通り

両足は地続きでしょう　環七の夜にはアウトロだけの鼻唄

過ごせなかった夏の日だってあの曲の Dsus4 のあたりで会うよ

どこまでもいたかったけど（雨がやむ）朝がふたりを連れ去っていく

暗闇で煙草消すときはじけてく一瞬の火よ　おぼえていてね

eureka

夢のなかきみに名前をおしえられこの夢はちゃんと忘れなくっちゃ

なにもかも、　なにもかも、　って思うときひかりは割れた橋を照らした

死んだときゆるさないでね　かわいいかわいいワンピース着てまわってみせて

借りっぱなしの言葉がある気がして昼間　だれかのボディソープの匂い

なりたいよ命に。きみが命って信じている何かに　eureka

ゆめみたいだったときみはいい、目覚め、わたしをゆめにのこしてきえた

Ⅲ

歯並び

清潔になりたかったな　iPhoneに耳押しつけてロックを聴いた

ペットボトルみっつ倒れてそれぞれに唾液混ざっている夏の朝

ブロンを飲んでブロンを買ったもうすぐでかんぺきな愛情になるから

殺したい人がいた頃はよかった　歩道橋から見る遠い道

病気だからお風呂に入らなくてもいいシーツから変な匂いがしてもいい

死んだ友達に何度も電話するそういう行動に酔ってるから

ベランダで腐ってるかな小松菜の芽がでた朝はうれしかったな

知らない人を殴ろうとしてとどまって　昨日じょうずに壊れたかった

死にかたで友達を思いだす夏の火照ってくだらない自傷痕

歯並びを許せなかった　わたしはわたしを許せなかった　自殺したくない

いないいないない

音だけの花火　きみをもう一度傷つけるなら今日だと思う

気怠げな波に足首をさらして黙ったままでわたしをみてた

どの夏を選んでもきみはいなくなる溶けかけのアイスみたいに泣いて

紙たばこやめてがっかりされていたつまんない九月の底の底

立ったままふたりで食べたルマンドの味　ほんとうは憎みたかった

埼玉にふたりで住もうと言うときの埼玉はどこにもない　雷雨

いないいないいだれかがここにいたような枕カバーの知らない匂い

降りそそぐ花のすべてが死できみはインスタントな神様になる

とうめいな暴力、ゆれる祈り

きみを待つわたしの猫背　歌舞伎町のごみ袋みんないのちの匂い

さよならができないままで巡りあいふたりは春のゆうれいでした

見切られたお弁当からゆっくりとにじんでわたしをとおりぬける死

靴底のはなびらをきみがぬぐいとる　だれかの生をだれかが裁く

ガードレールへこんだ道にきみといて　菜の花　いつか泣かせてしまう

坂道できみがふりむく一瞬の向かい風　わかった気になってね

ゆめのなかきみをなんども失ってまだ失えるきみのいること

蛇口からみずがながれて叱られたうれしさはじめから思いだした

ばかのあたまできみのはなしをきくときにきみがばかじゃなくてさみしいよ

（愛してるから）（泡だから）（憎いから）こぼれるまえにこぼしちゃえば？　うん

運命の瑕疵をなぞれば冬の陽にソフトクリームは溶けてあふれる

ごめんって言葉は灰みたいに脆い　ずっと愛情図鑑がほしい

じっ　と煙草落ちたシンクによるべないきみとの日々を映してながす

待つだけのことができない　冬霞　轢かれにいくほうが楽だから

どうか　きみのお墓まいりをしなくてもすみますように　みず揺れている

ながくながく生きれば愛かな（こころ、だれのものにもなれなくてさみしい？）

気温のはなしぼけっとしてるかえりみち　たとえばどっちかが死んでもさあ、

えいえんごっこをえいえんにする　雨あがりの川はかすかな雨を運んで

百均で買える枯れない花束を抱きしめるみたいに眠ってる

朝靄の明治通りのゆめ　わかる　とおくにいるのちかくにいるの

ぜんしんに穴があいたら埋めるよりわたしごと穴になるのがいいな

死ぬまではいっしょにいようね　それからのことはそれからかんがえようね

きみもいつか燃えていくこと知るようにライターの火をわけあっていた

おたがいの分水嶺に手を浸す　つめたいねってそのままつなぐ

（ほろびる）の記憶はふたりのなかにありちいさな花がちいさく腐る

ねえだれもわるくないよね　だってこんなにも地球はきみの匂いがするよ

いますべて壊れるとしてたぶんきみに送る傲慢なピースサイン

生が好き生が好き生が　シケモクの真ん中に淡い煙は立って

ＢＰＭはやめる昼間　できるだけ惨めなままで見届けてほしい

地球最後のサンリオショップ　地球最後のふたりは手をつないだままぬいぐるみになりました

きみにならば生かされたってよかったなさよなら雨を撮りあった日々

あかるい髪撫でてそれからお別れをあかるさが波に消えていくまで

最低な夜に回収されてゆく廃品みんなしあわせになれ

いかないで　きみは戦争にいかないで　毛布とかたくさんかけてあげるから

IV

ハルシオン

高円寺駅にはちょうどいい光　わたしはたまに死を待っていた

ペットボトルの水をグラスに移すときばかみたいこの世のことぜんぶ

十代を薄めるように生きてもう春の匂いもわからないから

たすけたかった　って簡単に　駐車場暗い道暗い白線暗い

夢のなかきみとしゃがんで草をみてこれが最後と知っていたこと

排水溝に浮いた花びら　またね　けど、この頃すこしずつ壊れてる

ハルシオンぽろぽろ増えるながくながく好きだったひとを嫌ってもいい

わかな　ずっと間違ったままそばにいて　終わりの後にやっと愛して

牛乳をシンクに流すさやけさでいろんなことを忘れてきたね

カーテンの黴をながめて目をとじてだめになるだろうこのままきっと

lost summer

洋食屋の二階に住んでいた頃の忘れたけれど愛されていた

八月の戸籍謄本　話すなら朝焼けと夕焼けの違いを

パパに似た大人のわたしが生きていて怒りっぽくて爪がきれいで

ママに似た大人のわたしが生きていて花の名前が人よりわかる

母に似た大人のわたしが生きていてわたしを愛せずに死ぬだろう

洗剤を床にこぼせばあふれでるしゃぼん玉　まだ信じていたい

光に名前があるとして

遠雷を胸に抱えて会いにいくこれが最後の七月だから

さみしいんだね、といわれてだんだんとさみしくなった霧雨のなか

通過電車の風に乱れた前髪をなおしてあなたが話しはじめる

叶わないお祈りのような日々だから（ほんき）と思いながら笑った

駅前のデイリーヤマザキそぼ濡れてさよならすぐ飛ばされる傘立て

わたしによく似た人ばかり死んでいく季節にあなたが買うアポロチョコ

改札ではほんとうのことだけをする　白昼　うん、遠くへ行くんだね

なまえを呼べばもうばかみたいな強風で笑い顔だけの動画３秒

夕闇の窓に何度も手をふってあなたのいない道を歩いた
心臓が湿ってること感覚でわかるみたいにそばにいたから

いもうとになりたかった　と呟いてそれからは夏めく帰り道

追いついたような気がして目がさめる七夕洪水警報の夜

遠泳のようにあなたを好きでした　部屋には昨日だけが残って

あたらしい名前の韻を声にだす　どこにもいないまま会いにきて

汗ばんだからだがゆれる夏の日のいつかここからうまれたかった

はじまりだけがいつもまぶしい　ぼんやりと鼓膜の奥に好きだった曲

28年前あなたはちいさくてわたしはだれかの予感だった

暮れていく季節に置いていかれてもうつくしい誤字のように生きるよ

解説　さみしければさみしいほど、光るもの

雲居ハルカ

この世界に存在するすべては、素粒子でできている。

人間のからだも、目の前にあるグラスも、そこに注がれる水もすべて、極限まで分解していけばとてつもなくちいさな素粒子になる。

なんだ。あなたもわたしもただの素粒子の集合体で、たいして変わりなんてなくて、今見ている全部はほとんどまぼろしみたいなものじゃないか。

そう思うと、この世の幸せも競争も、自分自身の存在も、あの人がいなくなってしまったことも、たぶんもう来ることのない未来も、生きることも死ぬことも全部がばかばかしい。そのばかばかしさに、どこまでも安心する。

藤宮若菜の短歌には、そういう安心感がある。

わたしが死ねばわたしはうまくいくだろう自販機煌々ひかる夜道に

冒頭の一首。

「わたし」がわたしのからだから抜け出して、違うなにかにかたちを変えて、夜道を歩くわたしのことを眺めている。わたしとは概念。わたしとは自販機の灯りに照らされたただの素粒子のかたまり。

わたしは自販機の前をそのまま通り過ぎたり、気まぐれに立ち止まってコーラを買ってみたりする。わたしの両足は歩き慣れた道を勝手に進んでいき、いつのまにか家にたどり着く。部屋の電気をつけ、コーラなんて全然飲みたくなかったな、そう思いながらまだ半分以上中身が残っているペットボトルをテーブルに置く。

わたしは、どこまでわたしの意思で動いているのだろう。全部自分で選んできたはずなのに、その全部が借り物みたいに思える。気がつくと「わたし」はわたしのからだに戻っていて、また自動的に、生きる、ということをする。

彼女の歌の中で、自我はいろんなかたち——水や光や炎や、ときどききみであったりする

——に変容しながら、どうにかして世界にチューニングを合わせようとする。
実際の我々は生きている限り素粒子に戻ることはできない。でも、言葉の中では自由なのだ。

何千回うまれかわってきみになり水や葉になりずっとさみしい

春、四キロ痩せてきみのたましいの重さは四キロなのかと思う

きみと夏、他人になってそれからは他人みんなを愛してしまう

たまたま人間のかたちをして生まれてしまった素粒子だから、自分と他人との境界がものすごく曖昧だ。他人との距離感がつかめず、触れ合った他人が自分の一部になってしまう。そして相手がいなくなったとき、それは「不在」という形で自分のからだに残り続けることになる。

ぜんしんに穴があいたら埋めるよりわたしごと穴になるのがいいな

誰かの不在で穴だらけになったからだをぼんやりと見つめて、それでもわたしがわたしのま

まであることについて考える。こんなにもさみしげな歌達なのに、そこに必ず他者の気配が漂っているのは、人はみな「誰かの不在」という「存在」を抱えながら生きていることを教えてくれているからかもしれない。

夢中夢めいた世界観に心地よく飲み込まれそうになったとき、突如として現れる冷静な視線の歌が、読む者をふと現実に立ち返らせる。

ペットボトルみっつ倒れてそれぞれに唾液混ざっている夏の朝

ベランダで腐ってるかな小松菜の芽がでた朝はうれしかったな

埼玉にふたりで住もうと言うときの埼玉はどこにもない　雷雨

ふわふわと掴みどころがないようでいて、実は誰よりも鋭く現実を見据えている。それが彼女の歌の凄さだ。まるで、「そっちは天国だよ。まだ行っちゃだめだよ」と忠告するかのように。

古いギターをふたり並んでながめてた夕暮れハードオフのかたすみ

守れない約束もゆるしてほしい　春に取り壊されるマンション

最低な夜に回収されてゆく廃品みんなしあわせになれ

排水溝に浮いた花びら　またね　けど、この頃すこしずつ壊れてる

これらの歌には、かつては美しく華やかで、誰かに必要とされていたはずの物達が登場する。今は誰にも見向きもされなくなったそれらに、そっとひとりでやさしい弔いを出す。一首の中でいつの間にか主語が入れ替わり、最終的には自分自身へと目線が移ったように感じさせるのは、彼女の巧みな手腕によるものだと思う。ガラクタ達のたましいでさえ、スルーできず自分の中に取り込んでしまうのだから、本当に生きるのがへたくそだ。だからこそ歌にするしかないのだ。

それでも、この歌集がこんなにも光に満ちているのはどうしてだろう。手のひらにきらきら

と、金粉のような光の粒がこぼれてくるのを感じる。

ずっとここに。いたんだね。　ほどけてく　この世につづきがあるのなら風

天国でまいごになって西口へぬけたらきっと立っている　笑っている

天国で会ってもきみはきみだからわたしに生きてと祈ってくれる

死後も詩語もおんなじことで　ゆめじゃない。よ。って。花がひらいたりする

そう、それは「天国」という、遺された人間がいじらしくも作り出した、あたたかく幸せな死後の世界にとてもよく似ている。

わたしたちはときどき気まぐれにコーラを買ったり、天国をのぞき込んでみたりしては、やっぱりいつもの家にたどり着いて眠る。夢から目覚め、静けさにまどろみながらもう一度毛布をかぶるとき、傍にこの歌集があったら、「この世の天国も悪くない」そんな風に思える気がするのだ。

・・・・・・・・・・・・

私が藤宮若菜という女の子に初めて会ったのはもう十年以上も前で、その頃彼女は制服姿で私たちのライブに足を運んでくれていた。いつもにこにことしてやわらかな雰囲気をまとっていて、それでもその向こう側に誰も立ち入ることのできない影の領域が透けて見える、不思議な子だった。

その頃から今日まで、彼女が生き続けて、こうして歌を詠んでくれていることが泣きそうなほどに嬉しい。彼女に短歌があって本当に良かった。

若菜ちゃん、あなたは、この世で天国を作り続けてください。

あとがき

目がさめて部屋が薄明るいと、いまが朝の四時なのか夕方の四時なのかわからないときがある。どちらでもないのかもしれない。外にでて生ぬるい風を浴びると、いまが何月なのかわからないときがある。三月だって十一月だって、遠い場所から見ればたいして変わらないのかもしれない。立ちつくしたまま季節について考えていると、どうしてここにいるのかもわからなくなる。やるべきことも、やれることも、ほんとうはもうひとつもないのかもしれない。部屋に帰ってまた眠る。つぎに目がさめると、これはわたしの人生ではなくて、ほんのすこしのあいだ代わりをやってあげているだけなんだ、と思う。だからぜんぶしかたなくて、ぜんぶ大丈夫なんだよ、と。

*

二十代が終わる。生きたいと言えばうそみたいで、死にたいと言えば武器みたいで、飽きたと言えばなんとなくそんな気がした。十九歳で死ねば天国がくると信じていたあの日のわたしは、ちゃんとその場所にいるのかもしれない。十代を生ききって。わたしを置いて。
天国はもうこない。

＊

言葉と向きあうとき、だれもわたしを守ってくれない。だれかの代わりではなくだれかが代わってくれるわけでもない肉体の、そこにはほんものの痛みがあって、ほんものの傷が風にさらされている。苦しくなる。逃げようともがく。もがくほど傷が深くなったり、べつの場所にあたらしい傷ができたりする。けれど、それでも、その苦しみがあるときだけ、わたしはわたしの人生を生きている。

二十九歳　冬　藤宮若菜

■著者略歴

藤宮若菜（ふじみや・わかな）

1995年生まれ。
2012年、福島遥（雲居ハルカ）の短歌に出会い本格的に作歌を始める。
日本大学藝術学部卒業。
2021年、『まばたきで消えていく』（書肆侃侃房）を刊行。

歌集　天国さよなら
二〇二五年一月二十九日　第一刷発行
著　者　藤宮若菜
発行者　池田雪
発行所　株式会社 書肆侃侃房（しょしかんかんぼう）
〒八一〇‐〇〇四一
福岡市中央区大名二‐八‐十八‐五〇一
TEL：〇九二‐七三五‐二八〇二
FAX：〇九二‐七三五‐二七九二
http://www.kankanbou.com info@kankanbou.com
編　集　田島安江、兒﨑汐美
DTP　藤田瞳
印刷・製本　シナノ書籍印刷株式会社

ISBN978-4-86385-657-8　C0092